《怪傑佐羅力之
樂無比、開心無比的

來自作者原裕的請求

Ⓐ把這本書買回家後再做。

Ⓑ做完之後，不要說「太簡單了」或是「太無聊了」之類的話。

Ⓒ不要去向其他小朋友炫耀，那樣很丟臉。

Ⓓ千萬不要把這個附錄的事告訴別人，把這個祕密藏在心裡。

① 怪傑佐羅力的手機吊飾（彩色版）
（位在書衣的前摺口，還附有製作方法唷。）

●佐羅力拉麵公仔組合●

② 拉麵碗公　③ 拉麵　④ 叉燒和蔥花
⑤ 魚板和筍乾　⑥ 滷蛋

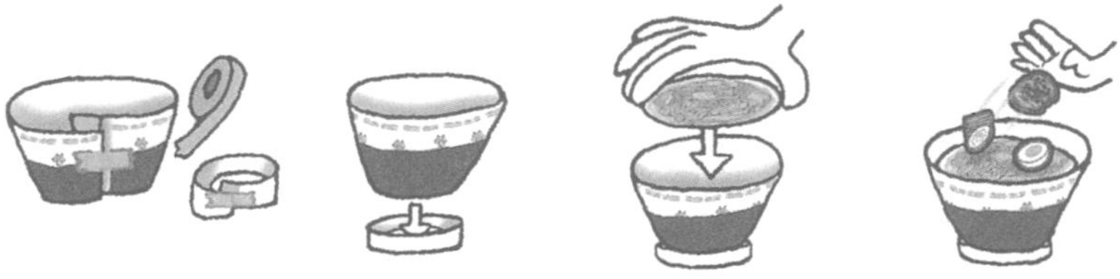

①將碗公的兩個部分，各自圍成圓圈之後，黏起來。

②把拉麵碗公放在白色的框框上。

③把麵平平的丟進碗公裡面。

④最後，再把配料放在麵上。

☆大家覺得佐羅力拉麵怎麼樣呢？這次加了三種配料唷。
來吧，假設你開了一家拉麵店，自己來做一碗拉麵吧。
你做出來的拉麵一定能夠閃耀創意的光芒。

⑦ 口袋佐羅力

①沿紅線剪下來。

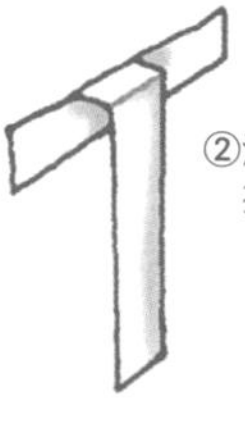

②沿綠線折起來。

③把白色的部分插進衣服口袋裡，讓佐羅力的臉露出來。

☆看吧，這樣做的話，
佐羅力他們三個人，
會從口袋裡探出頭來。
這樣即使出門，
也隨時都可以
和佐羅力
在一起。

這是我家的黃金鼠
生菜和耳環
真的好想、好想趕快吃飯啊！
好辛苦喔！竟然工作到這麼晚耶！

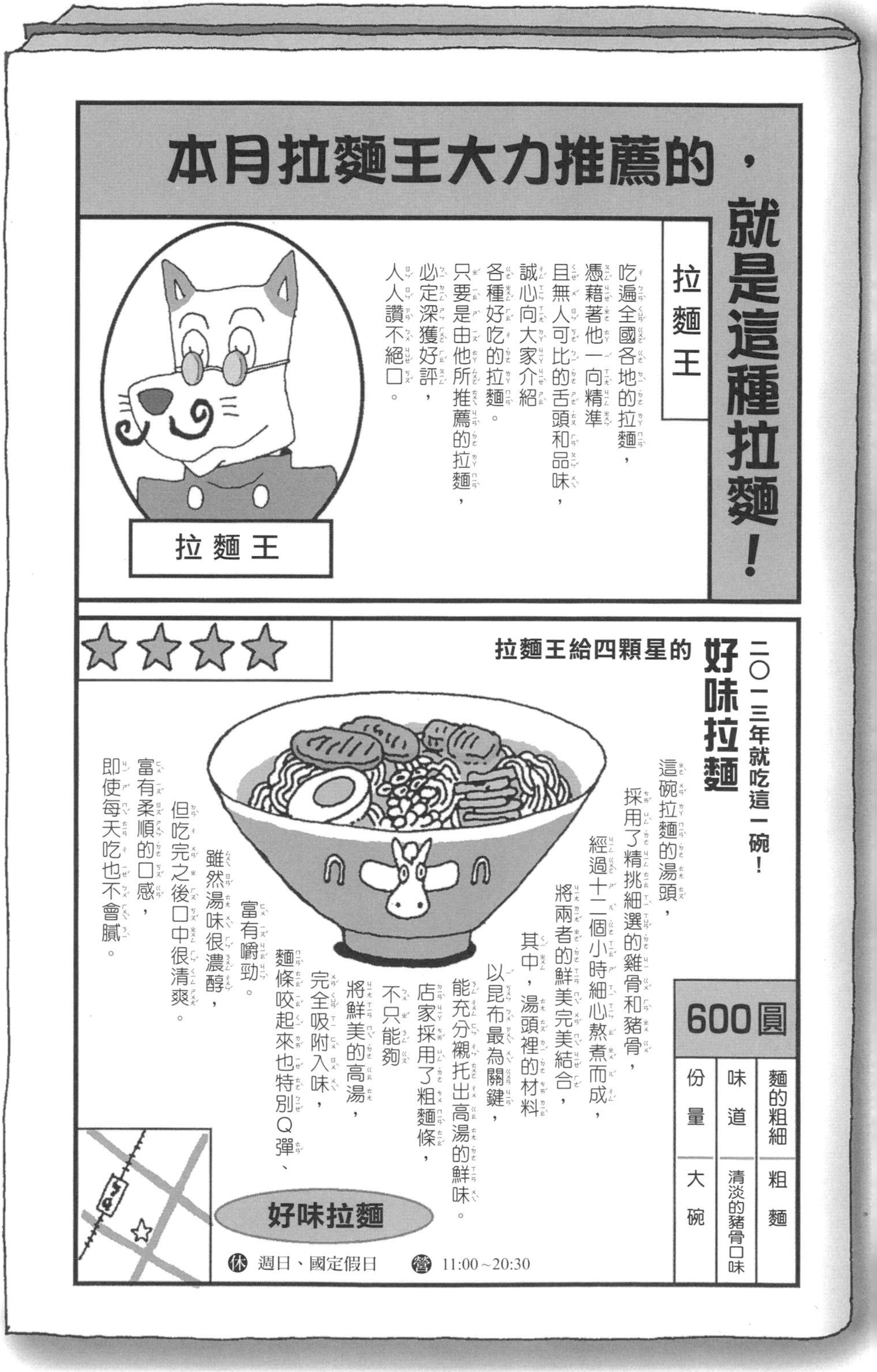
本月拉麵王大力推薦的，就是這種拉麵！
拉麵王
吃遍全國各地的拉麵，
憑藉著他一向精準
且無人可比的舌頭和品味，
誠心向大家介紹
各種好吃的拉麵。
只要是由他所推薦的拉麵，
必定深獲好評，
人人讚不絕口。
拉麵王
二〇一三年就吃這一碗！
拉麵王給四顆星的
好味拉麵
這碗拉麵的湯頭，
採用了精挑細選的雞骨和豬骨，
經過十二個小時細心熬煮而成，
將兩者的鮮美完美結合，
其中，湯頭裡的材料
以昆布最為關鍵，
能充分襯托出高湯的鮮味。
店家採用了粗麵條，
不只能夠
將鮮美的高湯，
完全吸附入味，
麵條咬起來也特別Q彈、
富有嚼勁。
雖然湯味很濃醇，
但吃完之後口中很清爽。
富有柔順的口感，
即使每天吃也不會膩。
600圓
麵的粗細
粗麵
味道
清淡的豬骨口味
份量
大碗
好味拉麵
休 週日、國定假日
營 11:00~20:30

呵呵，這篇拉麵的報導寫得真精采，看起來好像真的很好吃呢！我的口水都要流下來了。
啊啊，對啊，聽說只要拉麵王在那本雜誌上推薦哪家拉麵很好吃，那家拉麵店就會在轉眼之間，大排長龍。可見他的威力真的很驚人。

怪傑佐羅力之 強強滾！拉麵大對決

文·圖 原裕 譯 王蘊潔

看完這篇報導，我滿腦子都在想拉麵，真想要馬上吃到。我去問問那個人，打聽看看這附近哪裡有拉麵店？

貪吃鬼魯豬豬話才說完，就立刻拔腿跑了起來。

那個人很親切
告訴他們哪裡有賣拉麵。

你們再往前面走一段路，就會看到兩家面對面的拉麵店，
至於哪一家店的拉麵比較好吃？這個嘛……
嗯，鶴鶴軒的拉麵，
湯頭很濃厚，
味道也很不錯。
但是，
麵條不夠緊實，沒有嚼勁，
而且，麵條沒有吸收高湯的味道，
咬起來乾乾的，
不太好吃。

另一家龜龜亭拉麵，
他們家的麵條是波浪狀的，
非常有彈性，吃起來Q彈有勁，
感覺很不錯，
可是問題就在於高湯喝起來有點腥味，
也不夠濃醇。
所以呢，
這兩家店的麵說起來是半斤八兩，
都無法令人滿意。

「好，那本大爺就親自去吃一下，比較看看。」
佐羅力三人立刻快步走向那個人所說的拉麵店。
但是，到了店門口，他們發現了一個大問題……

原來他們三個人身上所帶的錢，只夠買兩碗麵而已。

不過，佐羅力倒是不慌不忙的說：

「沒問題，伊豬豬、魯豬豬，你們分別去這兩家店，各吃一碗拉麵。」

「真、真的嗎？佐羅力大師。」

「大師你人真好啊……」

「等一下，本大爺要你們在拉麵店裡做一件事，只要你們照做，本大爺就可以同時吃到這兩家店的麵了。來，你們把耳朵伸過來。」

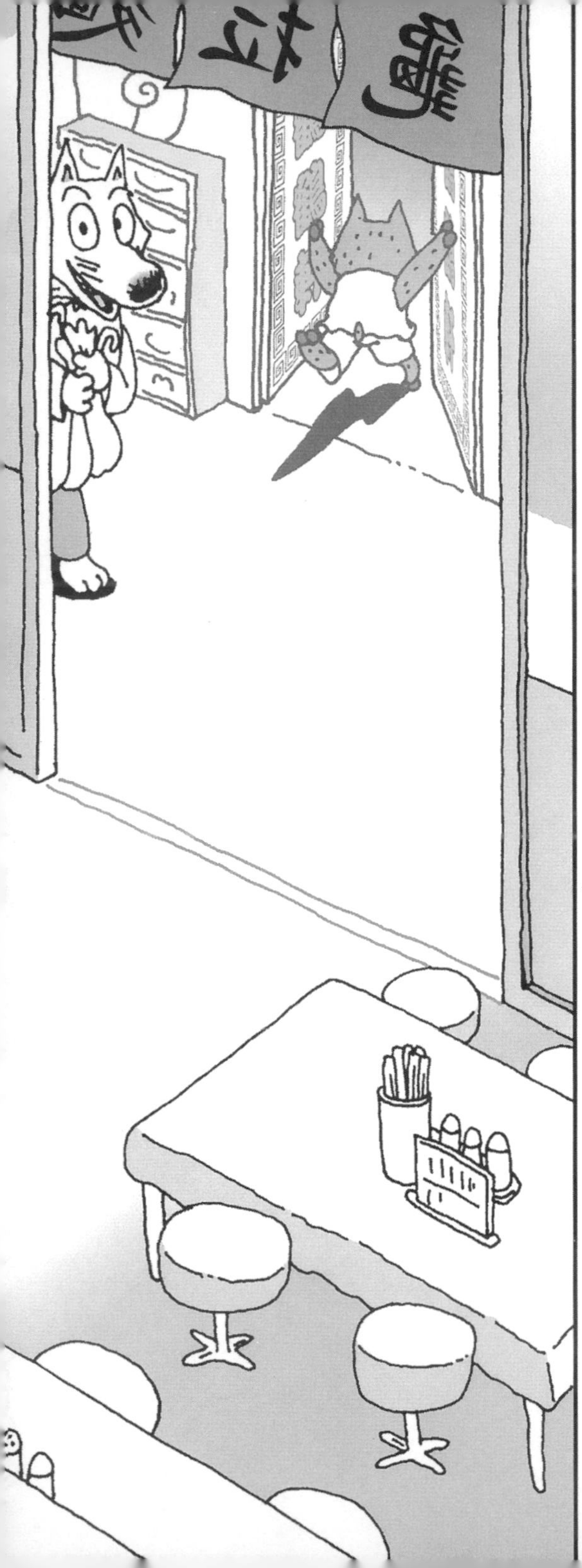

佐羅力在他們耳邊，小聲的說明計畫。
之後伊豬豬去了龜龜亭，
而魯豬豬則匆匆跑進了鶴鶴軒。

筍乾拉麵 600圓
蔥花拉麵 600圓
滷蛋拉麵 550圓
叉燒拉麵 650圓
拉麵 500圓
老闆，給我一碗拉麵。
歡迎光臨。

吸吸吸——　　　　　　　　嗾嗾嗾嗾——

伊豬豬一邊吃著龜龜拉麵，

一邊對老闆說：

「老闆，你認識拉麵王嗎？」

「我知道，只要被他稱讚過的拉麵店，

第二天就會大排長龍。

真是讓人羨慕啊！」

「你知道嗎？拉麵王來到這附近了，

如果他來這家店的話，

你一定要好好招待他，
千萬不能怠慢。
只要能夠被雜誌報導，
這家店以後也會和那些店一樣，
成為一家大排長龍的拉麵店。」
「但、但是，
我這家店有這樣的資格嗎？」
龜老闆的話才剛說完，
嘎啦嘎啦嘎啦——

一個男人走進店裡。

「啊喲，他來了，他真的來了。他就是傳說中的拉麵王。」伊豬豬偷偷在龜老闆的耳邊說。

「一碗拉麵。」

請仔細看一下這個點餐的人，他不是別人，正是由佐羅力巧妙變身假扮的拉麵王。

但是，龜老闆沒發現異狀，
他比平時更加賣力的
煮出一碗拉麵，
而且還加了比平時多了三倍的叉燒。
然後，小心翼翼的把麵遞到拉麵王的面前。
佐羅力先閉上眼睛，然後用力深呼吸，
一口氣呼嚕呼嚕吃完拉麵，
連高湯也喝得一滴不剩。這時……

……龜老闆趁機走過來問他。
拉麵王，請問你覺得敝店的拉麵味道怎麼樣？
呃咦？你居然知道我就是拉麵王？真傷腦筋啊，我行事向來很低調，不隨便曝光的。
這碗拉麵，你不用付錢，但是可不可以請你在雜誌上寫：龜龜亭的拉麵是這一帶最好吃的？
但是，我還沒有去其他拉麵店吃過，沒辦法比較。不如我先去對面那家鶴鶴軒試試，吃完之後再來做決定。

「你說什麼？我們龜龜亭可是經營了足足有二十年的老店，像鶴鶴軒那種只開了五年的拉麵店，怎麼有資格和我們相提並論，哼！氣死我了！」

龜老闆突然漲紅了臉，生氣的大喊，但佐羅力不理會他，自顧自的走了出去。

自古以來，歷史悠久、
富有傳統的店，
都會被大家稱為**老店**。

佐羅力走進鶴鶴軒拉麵店，
這一次，換成魯豬豬
小聲的對鶴老闆說悄悄話，
他說：
「鶴老闆，他來了，他來了，他真的來了。
他就是傳說中的拉麵王。」
「真、真的嗎？我真是太幸運了。」
鶴老闆也比平時更加賣力的煮拉麵，
不但切了好幾塊厚厚的叉燒，

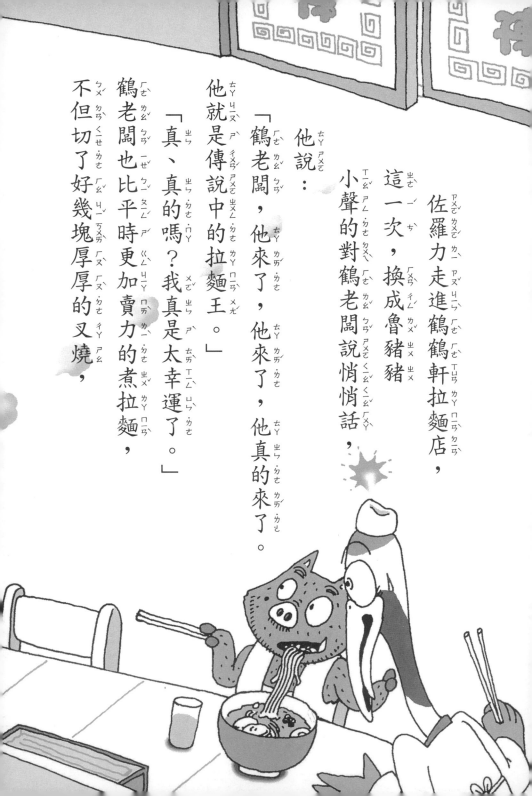

還放上許多筍乾，幾乎堆成了一座小山。
然後才把麵遞到拉麵王的面前。
（嗚嘻嗚嘻。）
佐羅力忍不住在心裡歡呼，
他緩緩閉上眼睛，
用力深呼吸，
然後，一口氣呼嚕呼嚕
把麵吃得精光，
連湯都喝得一滴不剩。

拉麵王，請問你喜歡我們鶴鶴軒仙鶴拉麵的味道嗎？
咦？想不到，你居然認出我是拉麵王，這可怪了呀。
我想，你一定認同這一帶最好吃的拉麵當然是我們鶴鶴軒的仙鶴拉麵，對吧！你至少要說，我們比對面的龜龜拉麵好吃多了，拜託你了。
嗯……你們這兩家店的拉麵，其實都半斤八兩，都不是能夠打動我的好吃拉麵。

「你煮的仙鶴拉麵，
雖然湯頭很好喝，
但麵條無法吸收高湯的味道，口感不好，
如果麵和湯可以在嘴裡融合，
或許有機會可以勝過龜龜拉麵。
至於怎樣才能做到，
當然只有本大爺心裡清楚，嗚嘻嗚嘻。」
「喔？」
鶴老闆的眼睛亮了起來。

「當然，本大爺是不可能免費教你的。」

佐羅力的話說完，

魯豬豬也在旁邊幫著附和說：

「那當然，那當然。」

「好吧，只要能夠贏過龜龜拉麵，我願意做任何事。」

鶴老闆說完，

從收銀台裡拿了一萬圓出來，

塞到佐羅力的手中。

佐羅力收了錢，立刻把製作麵條的方法寫在一張紙上。

「只要你用這種方法，就可以讓麵條和高湯融合在一起，吃在嘴裡特別有滋味，絕對錯不了。」

佐羅力把紙交給鶴老闆後，就和魯豬豬一起離開了拉麵店。

佐羅力帶著伊豬豬和魯豬豬，三個人來到拉麵店附近的公園。
嗚嘻嗚嘻，那兩家拉麵店好像都不願意輸給對方，既然這樣，我有一個好主意。
本大爺要想辦法讓這兩家店更加激烈競爭，讓他們最後統統都變成糟糟拉麵店。
拉麵王
我知道了，大師是想趁虛而入，等兩家拉麵店倒閉後就占為己有？
答對了。
呵呵，佐羅力大師你真不愧是壞蛋天才。我愛死你了大師——

三個人腦海裡，已經出現了這樣的畫面——
佐羅力拉麵
加盟連鎖店・招募中
佐羅力拉麵
超快速
超昂貴
佐羅力拉麵
佐羅力拉麵
佐羅力拉麵
佐羅力拉麵
『佐羅力拉麵』的拉麵店開張了。
每天都可以吃拉麵吃到飽。
哦，我想一次加八十塊叉燒在麵裡面吃吃看。
我要開連鎖拉麵店，大賺特賺。然後，再用賺到的錢建造佐羅力城堡。
好，既然決定了，就趕快行動吧。
拉麵王

佐羅力先派伊豬豬到龜龜亭去，讓他把消息傳給龜老闆。
喂，老闆，大事不妙了。我剛才看到對面的鶴老闆花錢向拉麵王買了做麵條的方法，一旦他們的麵變好吃了，就會打敗你的龜龜拉麵呢。
你、你說什麼！
我想到了，拉麵王說過，雖然龜龜拉麵的麵條好吃，就是高湯不夠濃醇。如果你的湯頭能做出老店的味道，一定可以贏仙鶴拉麵。
哐啷

龜老闆無論如何都不想自家的拉麵，輸給鶴老闆的仙鶴拉麵。所以，立刻開始做伊豬豬想出來的湯頭，然後……

第二天，兩家店門口分別貼出了這樣的海報。

第一次對決
鶴鶴軒
吸管拉麵
把麵吸進嘴裡後，鶴鶴軒特有的濃醇高湯就會在嘴裡擴散。
其中的祕訣
就在於我們鶴鶴軒特製的吸管麵。請仔細觀察麵條，就會發現每一根麵條就像通心麵一樣，中間有一個洞。這種麵條發揮了吸管的作用，在吃麵的同時，也同時把高湯吸進嘴裡，發揮了讓麵條和高湯融合的完美效果。請各位務必品嚐一下。
海苔
鶴鶴軒的美味湯頭
蔥花
叉燒
筍乾
滷蛋
所以，只要麵條能夠吸收高湯的味道就很讚了。
這家店的湯頭，真的很好喝。

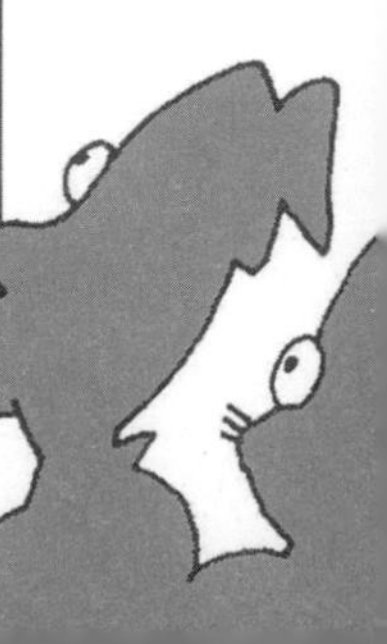

龜龜亭 VS 鶴鶴軒

龜龜亭 老朽拉麵

★龜龜亭繼承了在地經營二十年的老店味道……

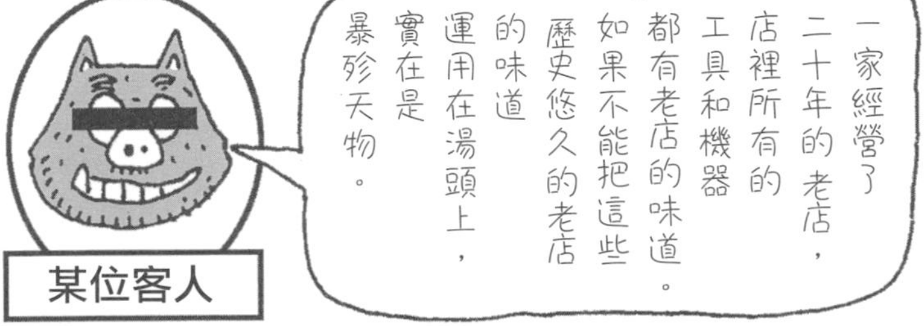

某位客人
一家經營了二十年的老店，店裡所有的工具和機器都有老店的味道。如果不能把這些歷史悠久的老店的味道運用在湯頭上，實在是暴殄天物。

★為了回應精通拉麵之道的客人的要求，
我們特別研發了全新的湯頭，
好讓各位可以品嚐到龜龜亭濃郁的老店味道。
請用您的舌頭親自品嚐什麼是富有悠久歷史的味道。

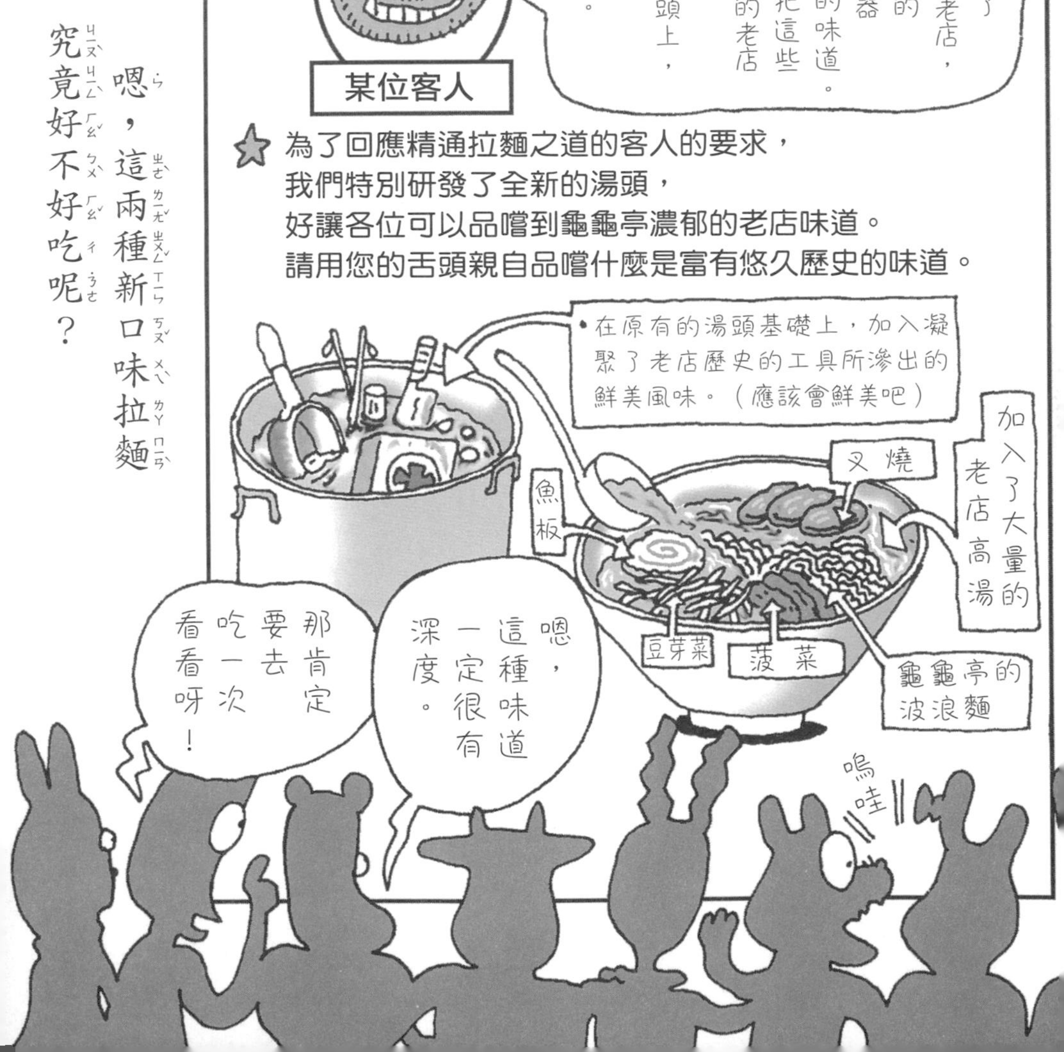

嗯，這兩種新口味拉麵究竟好不好吃呢？
•在原有的湯頭基礎上，加入凝聚了老店歷史的工具所滲出的鮮美風味。（應該會鮮美吧）
加入了大量的老店高湯
叉燒
魚板
豆芽菜
菠菜
龜龜亭的波浪麵
嗯，這種味道一定很有深度。
那肯定要去吃一次看看呀！
嗚哇

鶴鶴軒的吸管拉麵

客人夾起吸管拉麵
吃進嘴裡，
熱騰騰的麵湯
立刻在嘴裡噴濺，
所有客人的嘴巴
都被燙出了水泡。
「這裡的拉麵
太危險了。」
「嘴裡都燙出水泡，
根本嚐不出味道。」
於是，
客人全都生氣的
離開了。

龜龜亭

龜龜亭的老朽拉麵

老朽拉麵

雖然號稱是歷史悠久的老店味道，但是，用來煮湯頭的材料，竟然是店裡的工具和機器，當然不可能熬出鮮美的高湯。

滿是油膩和灰塵的湯，客人只吃了一口立刻吐了出來，也都很生氣的離開了。

嗯？
呸呸呸
這也太離譜了！
嗚啊，全都是舊機器的油膩味，什麼拉麵！
喂，我還吃到了螺絲耶！

「全都怪我，
不應該聽那個對拉麵一竅不通的
伊豬豬的意見。
想要贏過仙鶴拉麵，
唯一的方法，
就是去向拉麵王請教。」
於是，龜老闆付了佐羅力兩萬圓，
硬是把他拉到自己的店裡。

「老闆，
我確實有一種
還沒有對外公布的
珍藏拉麵。
只要有了這種麵，
鶴鶴軒絕對會舉雙手投降了。」
聽到佐羅力這番話，
龜老闆很感興趣。
於是，佐羅力開始賣力演出。

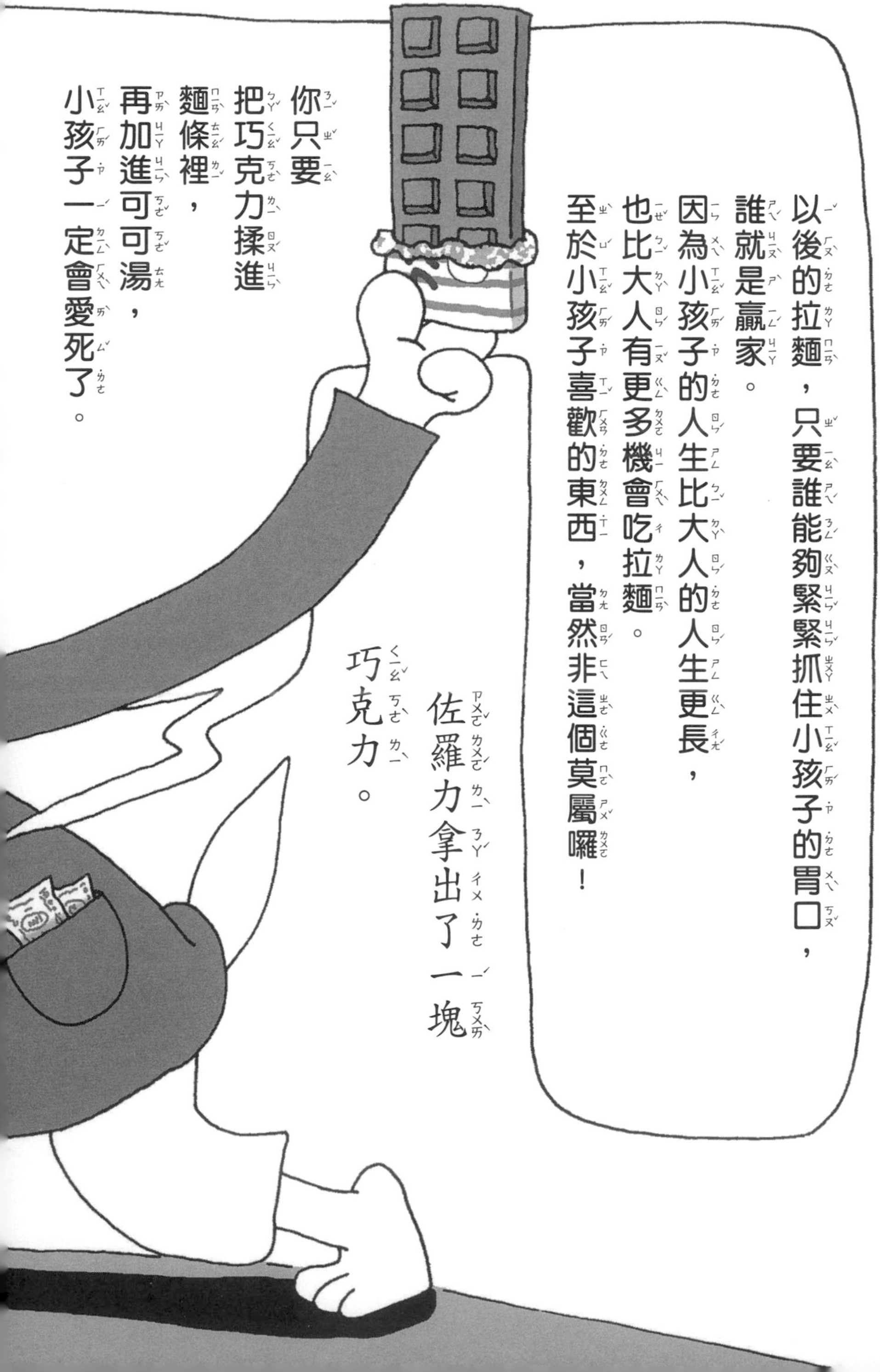

以後的拉麵，只要誰能夠緊緊抓住小孩子的胃口，
誰就是贏家。
因為小孩子的人生比大人的人生更長，
也比大人有更多機會吃拉麵。
至於小孩子喜歡的東西，當然非這個莫屬囉！

佐羅力拿出了一塊
巧克力。

你只要
把巧克力揉進
麵條裡，
再加進可可湯，
小孩子一定會愛死了。

「這是打破拉麵界常識的拉麵革命。甜甜口味的甜味拉麵時代已經來臨了～～～」

佐羅力充滿自信的態度果然打動了龜老闆，他決定立刻動手製作佐羅力所建議的巧克力拉麵。

在同一個時間——

「大事不妙了，
聽說龜老闆花錢
向拉麵王買了
可以贏過仙鶴拉麵
的新製作方法。」
魯豬豬立刻向鶴老闆告密。
「你、你說什麼！」
魯豬豬看到鶴老闆
一臉緊張的樣子，

立刻告訴他：

「聽拉麵王說，他們好像要做小孩子喜歡吃的甜味拉麵。」

「好，雖然我搞不清楚狀況，但絕對不能輸，那我也要來做甜味的拉麵，和龜龜亭一較高下。」

鶴老闆也立刻動手製作甜味拉麵。

第二天，兩家店門口分別貼出了這樣的海報。
第二次對決
龜龜亭
☆隆重推出小朋友們最喜愛的拉麵！
拉麵新革命
巧克力拉麵
鮮奶油擠花裝飾
加了大量巧克力醬所做成的咖啡色巧克力麵
可以讓身體都熱起來的可可湯
巧克力蛋在高湯裡溶化之後，就能看到限量公仔
現在還特別附贈冰淇淋。想吃的人請記得點免費的「拉麵冰淇淋」
以巧克力碎片代替蔥花
媽媽，我好想吃吃看耶。
要不要去嚐嚐到底是什麼味道？

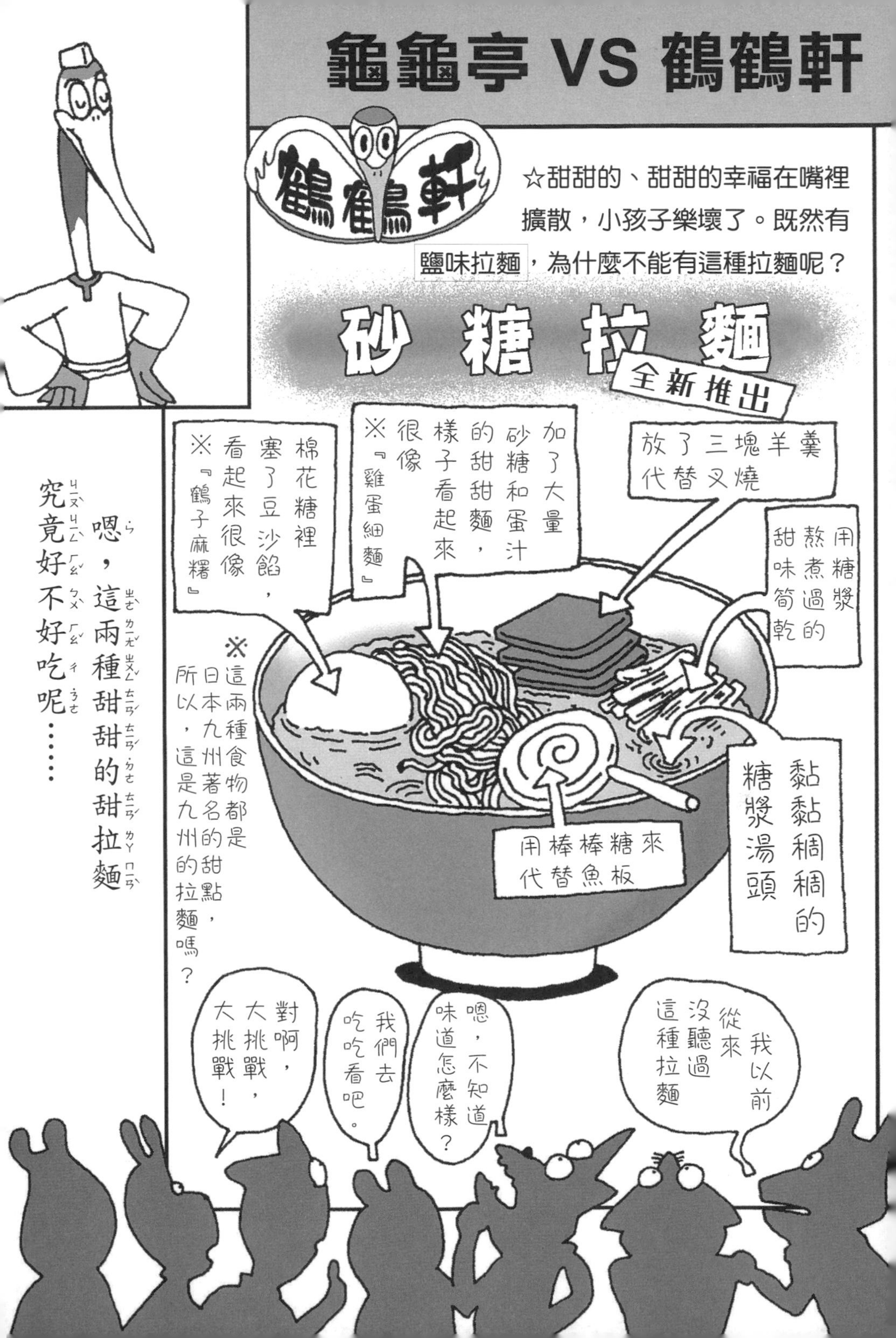
龜龜亭 VS 鶴鶴軒
鶴鶴軒
☆甜甜的、甜甜的幸福在嘴裡擴散，小孩子樂壞了。既然有鹽味拉麵，為什麼不能有這種拉麵呢？
砂糖拉麵
全新推出
放了三塊羊羹代替叉燒
用糖漿熬煮過的甜味筍乾
加了大量砂糖和蛋汁的甜甜麵，樣子看起來很像※『雞蛋細麵』
棉花糖裡塞了豆沙餡，看起來很像※『鶴子麻糬』
黏黏稠稠的糖漿湯頭
用棒棒糖來代替魚板
※這兩種食物都是日本九州著名的甜點，所以，這是九州的甜拉麵嗎？
嗯，這兩種甜甜的甜拉麵
究竟好不好吃呢……
我以前從來沒聽過這種拉麵
嗯，不知道味道怎麼樣？
我們去吃吃看吧。
對啊，大挑戰，大挑戰！

龜龜亭

龜龜亭的巧克力拉麵

這兩種拉麵，如果要當作正餐食用，味道都太甜了，根本吃不下去。但是如果當作飯後的甜點，分量又太多了，每個客人吃得嘴巴、手上全都黏答答的。

我不想吃了，這個味道，甜得讓人火大！
雖然我很喜歡吃甜食，但是我連一半都吃不下去。
而且，連拉麵裡都加了巧克力，吃得膩死了。
嗚呃
……
嗚噗
我、我要去一下廁所

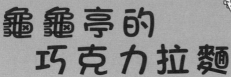

鶴鶴軒

鶴鶴軒的砂糖拉麵

剛開始，
小孩子雖然吃得很開心，
但很快就吃膩，
而且覺得反胃，
然後，
丟下拉麵就走了。
「我再也不想
吃這種東西了。」
「啊呀，
客人又變少了。」
龜老闆和鶴老闆
都只能抱著腦袋，
煩惱不已。

……
囌囌囌
老公，你吃那麼多，小心等一下身體不舒服會生病。
啊呀，我的牙齒好痛！
唉，這碗麵實在太甜了，小孩子的蛀牙也更嚴重了。
啊呀，連螞蟻都爬過來了

「我付了那麼多錢，
這到底是怎麼回事？」
龜老闆氣得火冒三丈，
大聲質問佐羅力。
但是，佐羅力仍然
滿臉不以為然的回答說：
「啊呀呀，大家吃新口味的時候，
都會有這樣的反應。
我建議你在接下來的十年，

都要持續做這種拉麵。

十年之後，

大家一定會接受這種巧克力拉麵，

絕對不會有問題的。」

佐羅力的話才剛說完，

就在這時。

嘎啦嘎啦嘎啦——

龜龜亭的門被用力打開，

有人走了進來。

「爸爸，我回來了。我已經學會做好吃的拉麵湯頭了。」

他就是這家拉麵店老闆的兒子——多羽兒，他之前去拜師學習製作湯頭的方法。

「兒子啊，你回來得正是時候啊，馬上用你的湯頭和我的麵，做一碗好吃的拉麵，彌補巧克力拉麵的失敗。」

聽到龜老闆這麼說，佐羅力很生氣的說：

「那才不是失敗，只要你堅持做這種拉麵十年，一定……」

「我怎麼可能等十年？你廢話少說，趕快給我滾出去。」

佐羅力被龜龜亭的老闆趕出來後，
馬上轉身推開了鶴鶴軒的大門，
走了進去——
喂，鶴老闆，我告訴你啊，對面的龜兒子已經學會湯頭的做法回家來了，他的廚藝怎麼樣？
多羽兒學東西很認真，我猜想他十之八九已經學會怎麼做好喝的湯頭了，才會回來店裡。
乃子，看來這一天終於到了。一旦他們的麵條加上好喝的湯頭，我看我們的拉麵一定會輸得一敗塗地。
鶴老闆重重的嘆氣，對他的女兒乃子說。

這時，佐羅力把手放在他們父女的肩膀上。

「不能輕言放棄，以後的拉麵，必須要動腦筋，發揮創意才行。」

「喔？你的意思是，還有其他方法可以贏過龜龜亭嗎？」

鶴老闆注視著佐羅力。

「你就把這家店重新裝潢，
變成迴轉拉麵店。
販售一碗一百圓的小碗拉麵，
顧客可以同時嚐到
醬油口味、味噌口味、
豬骨口味等等
各種不同味道的拉麵。
客人來一次，
多種口味統統吃到。」

佐羅力自信滿滿的說。

「嗯，現在已經沒有退路了，只能試試你的方法，拉麵王，這次我們一定要成功。」

鶴老闆從保險箱裡拿出了所有的財產，把錢統統交給佐羅力。

「好，那就立刻行動，馬上來改裝這家店。」

佐羅力說道。

乃子說：

「爸爸，那我們也來調製各種不同的拉麵湯頭。」

但是，佐羅力告訴她：

「喔，不用那麼麻煩，只要在泡麵裡加一點你們的湯頭，客人根本就搞不清楚。這樣成本也比較便宜，客人不會發現的。如果不趕快動手改裝，

龜龜拉麵就會研發出很出色的湯頭了。」

「但是，你說的根本不是正統的拉麵。」

「乃子，拉麵王說的沒有錯，當務之急，是我們要贏龜龜拉麵。趕快動手，改裝這家店。」

不管女兒說什麼，鶴老闆都已經聽不進去了。

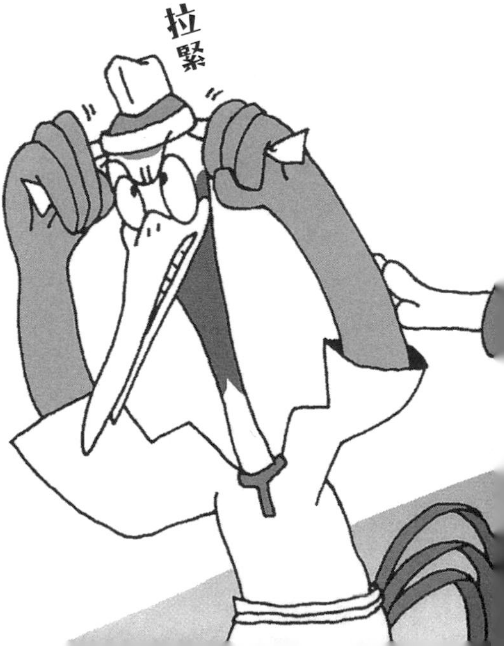

龜龜亭的父子兩人正在品嚐剛熬好的湯頭，就聽到店外傳來一陣吵鬧聲。

龜龜亭
龜龜拉麵
等等，我去看看。
發生什麼事了？
就是啊，聽說鶴鶴軒要改裝成迴轉拉麵店了。
就像迴轉壽司一樣，轉盤上一碗麵一百圓，一次就可以吃到各式各樣的拉麵真是太好了。

鶴鶴軒要改裝的消息得到非常熱烈的迴響。龜老闆看到眼前的盛況，忍不住不安起來，趕緊三步並作兩步，回到了拉麵店。

有時候點了麵之後，卻覺得別人碗裡的拉麵比較好吃。
對啊，這樣的話，就可以吃到各種口味的拉麵了。
而且，只要花五百圓，就可以吃到五碗麵，太令人期待了。
鶴鶴軒 仙鶴拉麵
店面改裝重新出發
最新迴轉拉麵店
明天開張・敬請期待
・味噌 ・醬油
・鹽味

多羽兒說：

「老爸，我要在湯頭裡面加小魚乾。」

「唉，現在顧不了熬高湯這種事了，仙鶴那傢伙打算舊店重新開張，而且要賣價格便宜、品項繁多的拉麵。

我絕不能輸給他，

好，我們店就改成只要五百圓，

就可以隨便吃到飽的

『拉麵吃到飽』來迎戰。」

龜老闆說完，立刻準備了好幾個大桶子，製作大量的拉麵。

「爸爸，我看我們還是應該在湯頭上繼續下工夫……」

龜老闆根本無心再聽多羽兒說什麼了。

夜深了，但是鶴鶴軒和龜龜亭卻都還燈火通明，徹夜進行全面改裝的工作。

多羽兒獨自來到附近的公園，很難過的盪著鞦韆。

「多羽兒，你怎麼了？」

這時，他聽到背後傳來一個溫柔的聲音。

「啊，原來是乃子。我爸爸說，要把店面改裝成拉麵吃到飽，

根本不願意聽我說熬湯頭的事。」

「啊呀，我家也要改裝成迴轉拉麵了。可是我爸爸好像完全都不在意拉麵本身的味道。」

「他們兩個人都滿腦子只想著要爭第一名這件事，但我不一樣，我只想要做出好吃的拉麵。」

「我也是啊，因為我覺得有兩種不同口味，
但都很好吃的拉麵也很讚啊。」

「對啊，我覺得如果能這樣，
客人也一定會很高興。」

「我有一個建議，
我們可不可以不要像我們的爸爸那樣彼此競爭，
而是用雙方的優點，做出最棒的拉麵？」

「嗯，那我們就
用鶴鶴軒的湯頭作為基礎，

交給我來改良。
讓龜龜亭的波浪麵
充分吸收這種湯頭的高湯。
嗯嗯，聽起來很不錯。
我們搞不好可以做出最棒的拉麵。」
「對啊，然後，讓你爸爸和我爸爸嚐一嚐，
讓他們趕快覺醒。」
兩個人用力握手彼此約定。
第二天早晨來臨了。

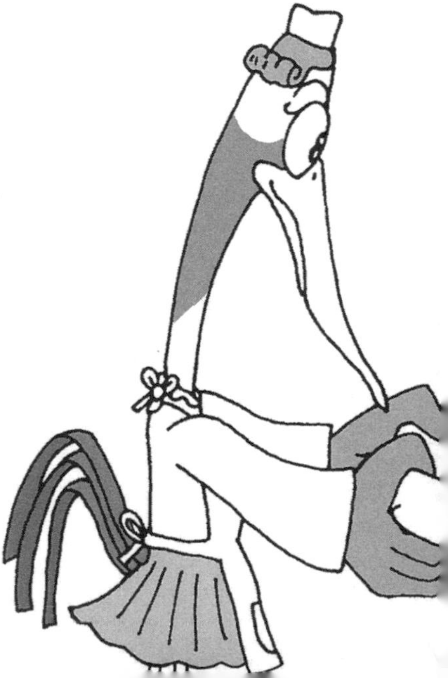

第三次對決

兩間新裝潢的拉麵店同時開張了。兩家店的價格都很便宜，還可以同時吃到各式各樣的拉麵——

龜龜亭 VS 鶴鶴軒

龜龜亭
拉麵吃到飽
只要五百圓就可以各種拉麵吃到飽
無論吃哪種拉麵，無論吃幾碗，都只要五百圓，請大家放心的開懷大吃吧。
只要500
拉
——客人陸陸續續的走進店裡。
那我們就一起來看看店裡面到底是怎樣的情況吧。

鶴鶴軒內的拉麵迴轉台，上面放了很多很多小碗，一碗拉麵接著一碗拉麵，不停的轉動著。

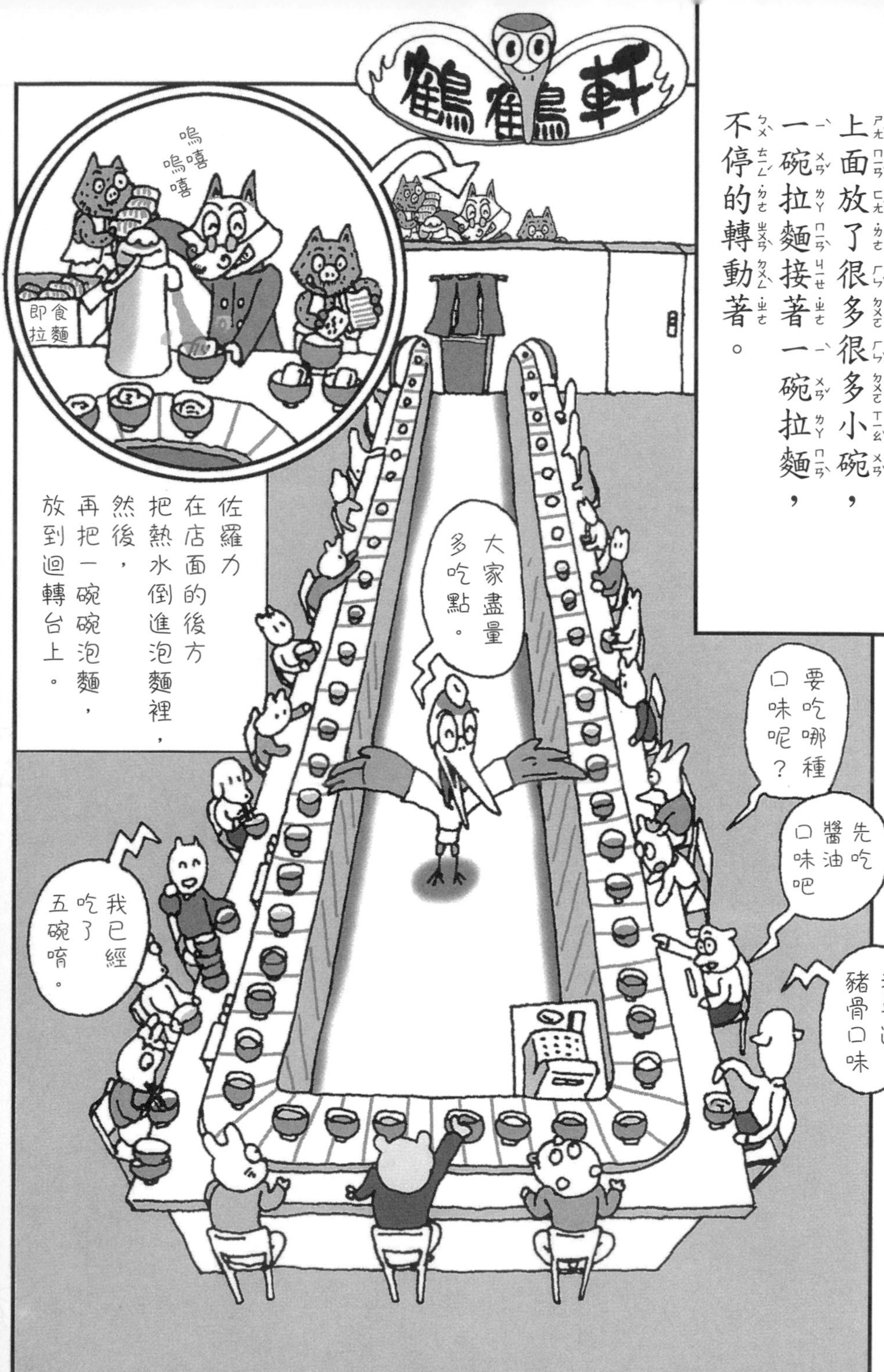

在龜龜亭裡面，好幾個大桶子裡裝滿了各種口味的拉麵，讓大家自由取用。

但是，過了一會兒……

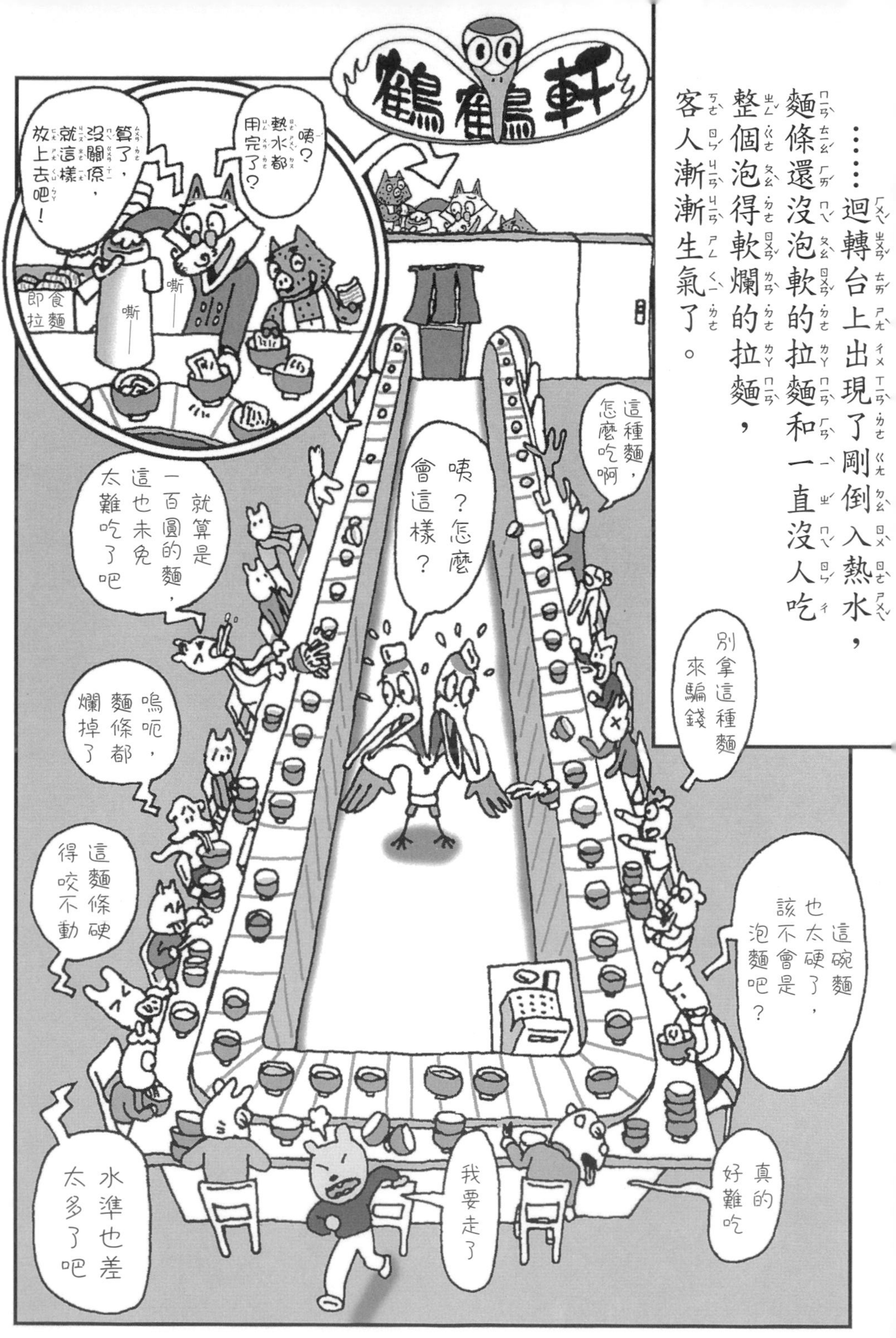
……迴轉台上出現了剛倒入熱水，麵條還沒泡軟的拉麵和一直沒人吃，整個泡得軟爛的拉麵，客人漸漸生氣了。
鶴鶴軒
咦？熱水都用完了？
算了，沒關係，就這樣放上去吧！
嘶
嘶
即食拉麵
這種麵，怎麼吃啊
咦？怎麼會這樣？
就算是一百圓的麵，這也未免太難吃了吧
別拿這種麵來騙錢
嗚呃，麵條都爛掉了
這碗麵也太硬了，該不會是泡麵吧？
這麵條硬得咬不動
真的好難吃
我要走了
水準也差太多了吧

龜龜亭的情況也差不多。
事先煮好的大量拉麵，
經過一段時間後，
麵條都變得爛糊糊、稀爛爛、軟趴趴。
根本沒辦法再吃了。

……兩家拉麵店的客人
全都走光光，
一個人也不剩了。

鶴老闆說：
「我完了，
我已經把所有的財產都用光了，
現在連這家店的房租都付不出來了。
嗚嗚、嗚嗚……」
他趴倒在吧檯上放聲大哭起來。

「想要讓這家店變成大排長龍的名店，
根本就是做白日夢、異想天開。」
龜老闆茫然的站在一桶又一桶
變得像烏龍麵一樣粗的
拉麵山前，
一動也不動。

這兩家拉麵店
會因為這樣就
倒閉嗎？

鶴鶴軒
當然不會。佐羅力出現在鶴老闆面前——
你放心吧，明天本大爺會做出一道『夢幻拉麵』，讓客人再度上門，一切看本大爺的。
向鶴老闆伸出充滿愛的援手。
喔？什麼？什麼？從來沒有人吃過的『夢幻拉麵』到底是怎樣的麵？好想知道呀！
拉麵王
真、真的嗎？我現在只能指望你了，希望你多幫幫忙，真的要拜託你了。

同一個時候，伊豬豬和魯豬豬也跑去找龜老闆。

第二天，許多充滿好奇心的客人都來到鶴鶴軒，想要嚐嚐看到底什麼是『夢幻拉麵』。
但是，卻沒有任何一個客人吃到這碗麵。
各位客人，夢幻仙鶴拉麵要趁熱享用喔，冷了就不好吃了。嗚嘻嗚嘻嗚嘻。
因為迴轉台的轉動速度實在快得太驚人，客人根本沒辦法從上面把拉麵拿下來。
沒有人能夠吃到的拉麵，這才是如假包換的『夢幻拉麵』，我可沒有騙大家呢。

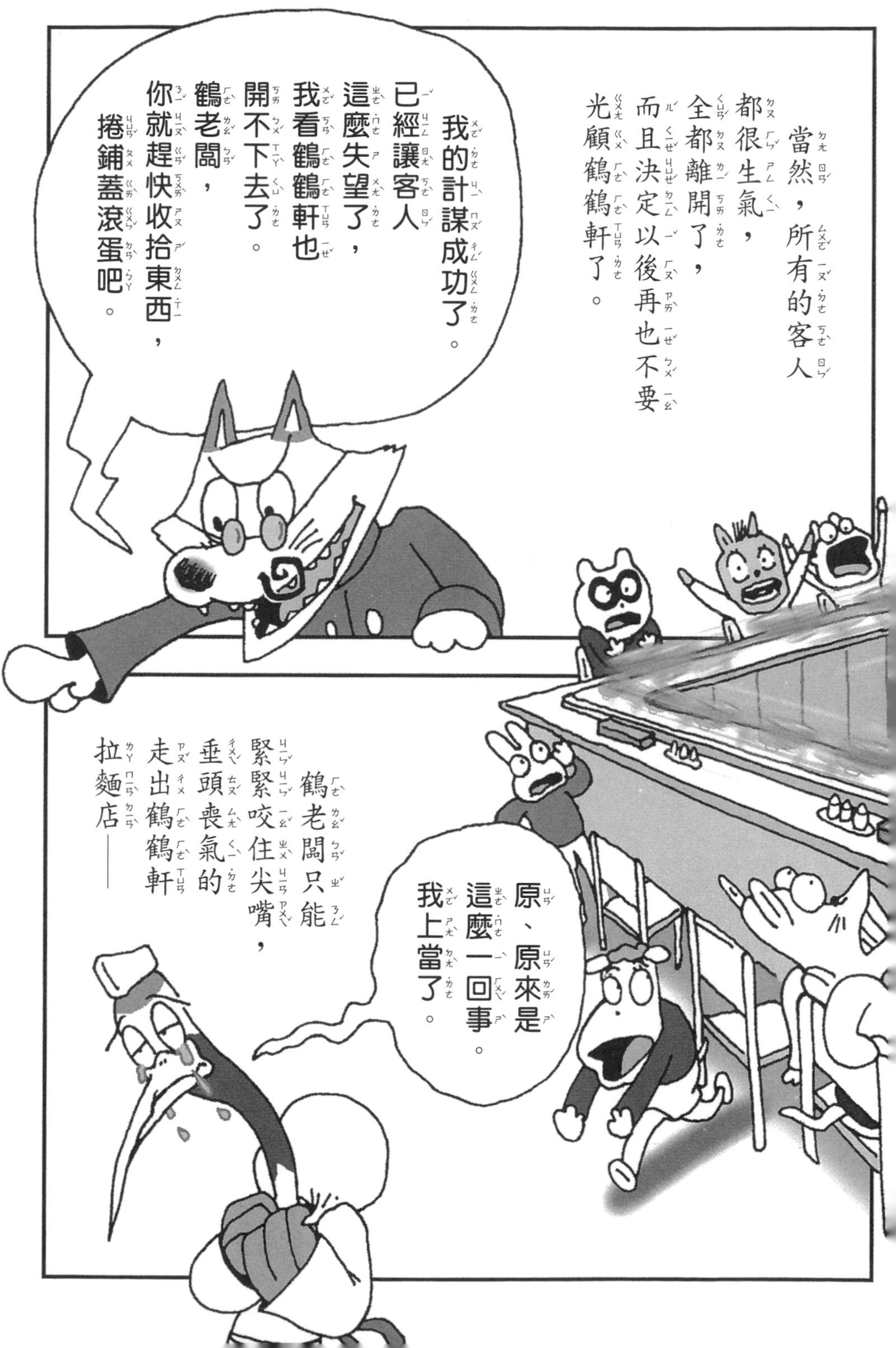

當然，所有的客人都很生氣，全都離開了，而且決定以後再也不要光顧鶴鶴軒了。
我的計謀成功了。已經讓客人這麼失望了，我看鶴鶴軒也開不下去了。鶴老闆，你就趕快收拾東西，捲鋪蓋滾蛋吧。
原、原來是這麼一回事。我上當了。
鶴老闆只能緊緊咬住尖嘴，垂頭喪氣的走出鶴鶴軒拉麵店——

——他經過龜龜亭門前的時候，
發現店門口大排長龍。
「生意真是太好了，
我們完完全全輸了。」
鶴老闆忍不住佩服的說道。
但是，龜老闆卻一臉不高興的告訴他：
「你先看看
這張廣告單。」

只要能夠吃完一碗
龜龜拉麵店裡被麵湯泡得
很軟的烏龍拉麵，
老闆就會奉上一千圓。
龜龜亭老闆

「那對山豬兄弟在整個鎮上，到處發這張廣告單。因為上面寫了我們龜龜亭的名字，所以事到如今，我也不能拒絕了。可是，隊伍排得愈長，我的損失就愈慘重啊。」

當桶子裡的拉麵全被吃光的時候，
龜龜亭保險箱裡所有的錢，
也幾乎都被拿光了。

「呼——」

烏龜和仙鶴這兩位老闆，
只能靠在一起，
重重的嘆了一口氣。

這時，多羽兒

和乃子
端著煮好的
拉麵走了過來。
「兩位爸爸，請你們嚐嚐這兩碗拉麵。」
「哼，我已經不想再看到拉麵這種東西了。」
但是話才說完，
他們就聞到一股香噴噴的味道。
「對了，今天實在太忙了，我什麼東西都沒吃。
那就來吃吃看吧。」

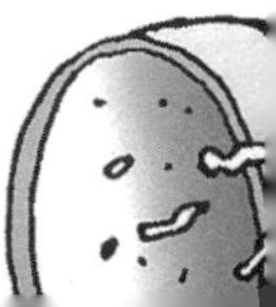

兩位老闆大口吃著拉麵，然後，同時驚訝的瞪大了眼睛。

「這、這是哪裡的拉麵？實在太好吃了，好吃得不得了。」

「這是你們的拉麵，我們用了龜龜亭的麵條，和鶴鶴軒的湯頭，然後，下足了工夫，讓湯頭和麵條充分調和。」

聽到多羽兒這麼說，兩個老闆這才恍然大悟。

對喔。只要我們攜手合作，就可以做出這麼好吃的拉麵。好，那就從零開始，一起來做鶴龜拉麵吧。
對啊。這碗拉麵一定可以再度吸引顧客上門。我們一起努力吧。

大家彼此握著手，相互鼓勵。

就在這時，外面傳來一個很大的聲音。

原本是鶴鶴軒的店面，已經新開了一家拉麵店。之前被迫吃了難吃拉麵，感到失望透頂的民眾，聽到可以自己決定價格，都紛紛聚集過來，決定來這家店吃看看。
龜龜亭
500圓拉麵吃到飽
龜龜拉麵
歡迎光臨，請各位來試試佐羅力拉麵，價格由大家自由決定，十圓也好，一百圓也可以。如果覺得不好吃，不必付錢也沒問題。無論如何，請各位先進來嚐嚐再說。
鶴鶴軒果然倒閉了
那家店的麵簡直不是人吃的
希望這家的拉麵很好吃

佐羅力
拉
加盟連鎖店・
來吧，請進，請進。
啊，對了，
拉麵裡面加的魚板
很硬又很難吃，
請大家不要吃。
這件事就拜託
大家了。
拉麵
超快速
佐羅力提出了這個奇怪的要求，
等客人們吃完拉麵後，
一個個走出拉麵店。
請各位猜猜看，
他們願意為這碗佐羅力拉麵
付多少錢？

什麼！

大、大家離開時，

居然都付了一萬圓給佐羅力。

「客人居然願意付一萬圓吃拉麵，

唉，我們根本沒辦法做出那麼好吃

的拉麵。」

兩位老闆再度洩了氣，

不禁想要放棄。

「等一下，你們看，客人的眼神都很奇怪。」

乃子說。

「而且，既然魚板不能吃，為什麼又要放在拉麵裡？太奇怪了，其中一定有鬼，我們去調查看看。」

多羽兒和乃子跑向了佐羅力拉麵店的後門。

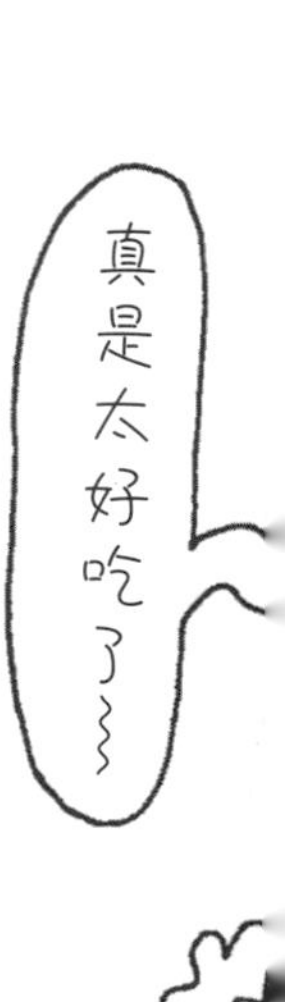

他們發現，拉麵店的後門邊堆了很多泡麵的袋子。

「我就知道，他們絕對是給客人吃泡麵。」多羽兒生氣的說。

「但是，客人為什麼願意為這種拉麵付一萬圓？我們一定要好好

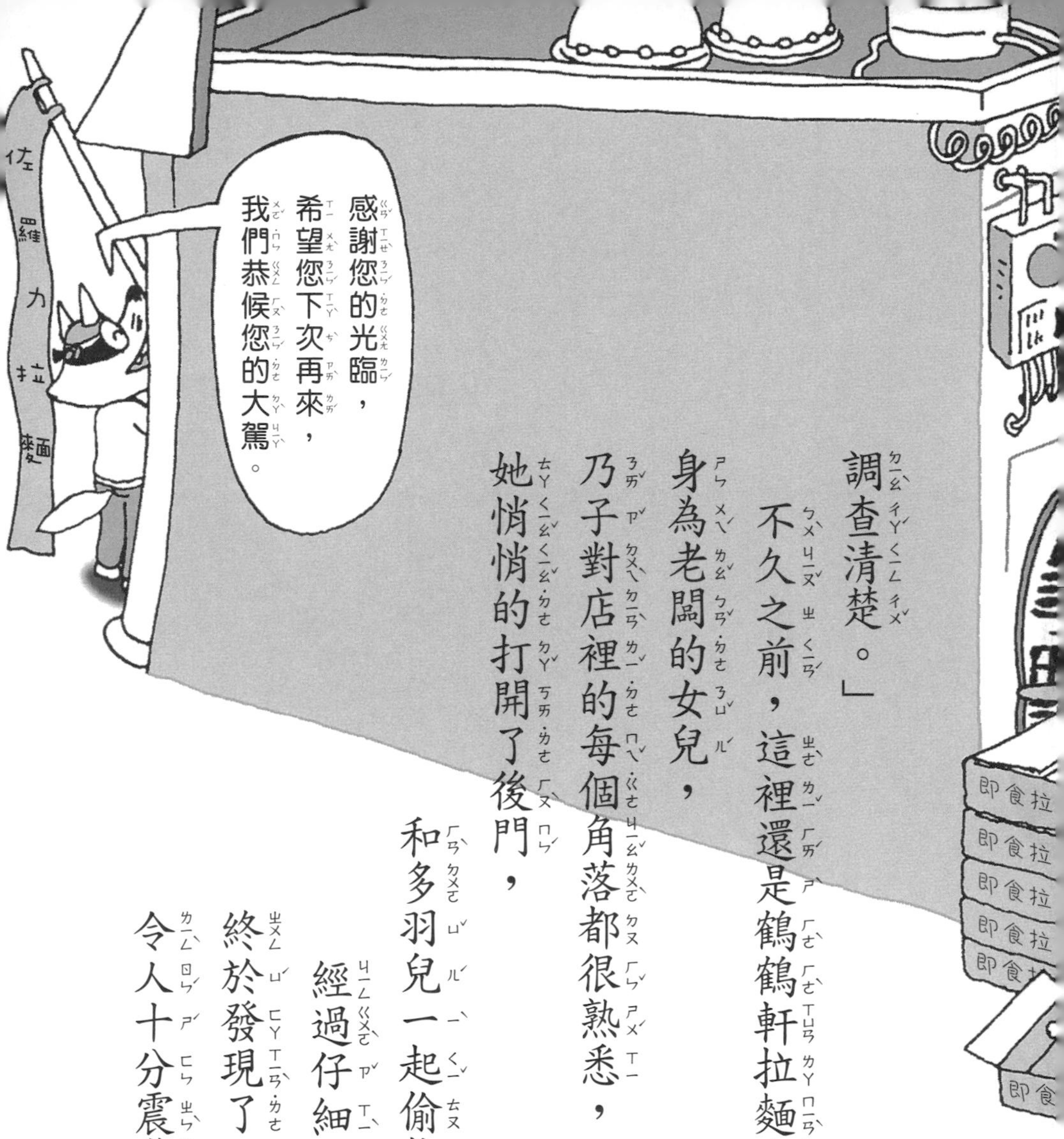
佐羅力拉麵
感謝您的光臨，希望您下次再來，我們恭候您的大駕。
即食拉

調查清楚。」

不久之前，這裡還是鶴鶴軒拉麵店，

身為老闆的女兒，

乃子對店裡的每個角落都很熟悉，

她悄悄的打開了後門，

和多羽兒一起偷偷溜進店裡。

經過仔細調查之後，

終於發現了一個

令人十分震驚的事實。

這就是乃子和多羽兒的調查結果，
他們發現了佐羅力的祕密！

乃子和多羽兒兩個人偷偷的躲在天花板上調查。
拉麵碗裡，藏著令人驚恐的祕密……
這塊魚板底下有馬達可以保持旋轉，專門用來催眠吃拉麵的人。
這碗麵太好吃了，要付一萬圓才行!!
讓客人想要付一萬圓的催眠術
馬達
電池
翻開這一頁，然後，把書拿在手上，不停的轉動，就會發現連魚板也跟著轉動起來。
來，大家也來試試看吧。
這就是佐羅力拉麵的催眠魚板！

「他居然運用催眠術，
讓客人吃泡麵，
我絕對不能原諒他。」
乃子偷偷潛入店裡，
從客人的麵碗中，
把魚板統統拿了出來。
「喂，你在幹什麼？
我剛才不是說了嗎？
絕對不可以動魚板。

伊豬豬，趕快抓住她！」
伊豬豬聽到佐羅力的命令，
慌忙抓住乃子。

「對不起，剛才驚動大家了，
請各位再稍候片刻。」
佐羅力準備從乃子手上
搶回魚板，
打算再度放回客人的碗裡。
就在這時……

魯豬豬從湯鍋裡面跳了出來。

原來是多羽兒在後面把鍋子底下的火開到最大。

「各位客人，你們正在吃的拉麵，
是用山豬的洗澡水煮成湯頭，
再倒入泡麵裡做成的。」
「對啊，而且這個人
還使用魚板催眠術，
讓你們願意為這碗拉麵
付出一萬圓的高價。」
從催眠術中醒來的客人
聽了紛紛站起來——

——客人們把麵碗和杯子丟向佐羅力三人。

「居然給我們吃這種東西。」

「居然把我們當成傻瓜，太過分了。」

每個人都氣得大罵，顯然，已經很難平息這些客人的滿腔怒氣了。

「這下恐怕完蛋了。趁還沒有被打得鼻青臉腫之前，趕快溜吧。伊豬豬、魯豬豬，趕快跟我來。」

轉眼之間，三個人就已經逃到地平線的遠方，不見蹤影了。

「唉，這幾天，
因為拉麵的事吃了不少苦。」
「我以後再也不想吃拉麵了。」

正當民眾議論紛紛的時候，
烏龜和仙鶴兩位老闆
一起出現在大家面前。

「對不起，過去我們兩個人滿腦子
只想到無聊的虛榮，
完全忘記了讓各位吃到好吃的拉麵

才是最重要的事。」

「現在，我們決定齊心協力，攜手合作，誠心誠意的為各位做一碗拉麵，不知道各位願不願意再給我們一次機會，吃吃看我們的拉麵？」

兩個老闆都深深的鞠躬道歉。

「不，饒了我們吧。」

所有的人都一起搖著頭回答，

就在這時……

多羽兒和乃子已經把拉麵端了上來。聞到拉麵香噴噴的味道，原本不願意再吃拉麵的鎮上民眾都不知不覺的伸出手，接過他們端上來的拉麵，

一口接著一口
吃了起來。
之後，
吸吸、囌囌——
吸吸、囌囌——
大家全都一言不發，
默默的吃著拉麵，
整個城鎮只聽到
吃拉麵的聲音。

一個月後。佐羅力三人又在旅途中看到了關於拉麵王的相關報導。
佐羅力大師，那個鶴鶴軒和龜龜亭的老闆攜手合作把兩家店合併，變成了一家很好吃的拉麵店。真正的拉麵王認為他們的拉麵是最好吃拉麵的第一名。他們終於如願讓拉麵店大排長龍了。啊，真想回去吃一碗他們的拉麵。
你這個笨蛋，你真的厚著臉皮回去，怕是會被他們打得半死。還是忍著點吧。
☆旅途中，絕對不會忘了把鍋子和泡麵也帶上路。

還不是因為本大爺的關係，有我親自現身，教導他們拉麵的真諦，他們才能夠做出這麼好吃的拉麵。雖然熱呼呼的拉麵吃了可以溫暖人心，但對本大爺來說，最溫暖的當然就是媽媽親手做的料理。啊，好懷念啊。
佐羅力大師又在不知不覺中，為這個世上增加了一種好吃的拉麵，真是太厲害了。

作者簡介

原裕 Yutaka Hara

一九五三年出生於日本熊本縣，一九七四年獲得ＫＦＳ創作比賽「講談社兒童圖書獎」，主要作品有《小小的森林》、《手套火箭的宇宙探險》、《寶貝木屐》、《小噗出門買東西》、《我也能變得和爸爸一樣嗎？》、【輕飄飄的巧克力島】系列、【膽小的鬼怪】系列、【菠菜人】系列、【怪傑佐羅力】系列、【鬼怪尤太】系列、【魔法的禮物】系列等。

譯者簡介

王蘊潔

專職日文譯者，旅日求學期間曾經寄宿日本家庭，深入體會日本文化內涵，從事翻譯工作至今二十餘年。熱愛閱讀，熱愛故事，除了或嚴肅或浪漫、或驚悚或溫馨的小說翻譯，也從翻譯童書的過程中，充分體會童心與幽默樂趣。曾經譯有《白色巨塔》、《博士熱愛的算式》、《哪啊哪啊神去村》等暢銷小說，也譯有【魔女宅急便】系列、【小小火車向前跑】系列、《大家一起來畫畫》、《大家一起做料理》【大家一起玩】系列等童書譯作。

臉書交流專頁：綿羊的譯心譯意。

國家圖書館出版品預行編目資料

怪傑佐羅力之強強滾！拉麵大對決
原裕 文、圖；王蘊潔 譯 --
第一版. -- 台北市：天下雜誌, 2013.06
98 面 ;14.9x21公分. --（怪傑佐羅力系列；27）
譯自：かいけつゾロリあついぜ！ラーメンたいけつ
ISBN 978-986-241-719-5（精裝）
861.59　　102009247

怪傑佐羅力系列27

怪傑佐羅力之強強滾！拉麵大對決

作者｜原裕
譯者｜王蘊潔
責任編輯｜黃雅妮
特約編輯｜游嘉惠
美術設計｜蕭雅慧

天下雜誌群創辦人｜殷允芃
董事長兼執行長｜何琦瑜
媒體暨產品事業群
總經理｜游玉雪
副總經理｜林彥傑
總編輯｜林欣靜
行銷總監｜林育菁
資深主編｜蔡忠琦
版權主任｜何晨瑋、黃微真

出版者｜親子天下股份有限公司
地址｜台北市 104 建國北路一段 96 號 4 樓
電話｜（02）2509-2800
傳真｜（02）2509-2462
網址｜www.parenting.com.tw
讀者服務專線｜（02）2662-0332
週一～週五：09:00～17:30
讀者服務傳真｜（02）2662-6048
客服信箱｜parenting@cw.com.tw

法律顧問｜台英國際商務法律事務所・羅明通律師
製版印刷｜中原造像股份有限公司
總經銷｜大和圖書有限公司
電話｜（02）8990-2588

出版日期｜2013 年 6 月第一版第一次印行
2023 年 9 月第一版第十九次印行
定價｜250 元
書號｜BCKCH064P
ISBN｜978-986-241-719-5（精裝）

訂購服務
親子天下 Shopping｜shopping.parenting.com.tw
海外・大量訂購｜parenting@cw.com.tw
書香花園｜台北市建國北路二段 6 巷 11 號
電話｜（02）2506-1635
劃撥帳號｜50331356 親子天下股份有限公司

親子天下 有聲故事書

博客來小學讀物年度之最，
日本狂銷3,300萬本的經典角色

的幽默開胃閱讀

風靡所有孩子的佐羅力精神

★絕不放棄！樂觀的佐羅力遭遇任何困難挫折，總是繼續堅持到底
★樂於助人！調皮的佐羅力好打抱不平，成為人人景仰的正義使者
★熱情活潑！幽默的佐羅力和孩子同一國，贏得孩子的認同與友誼
★孝順父母！孝順的佐羅力希望媽媽以他為榮，所以永遠不會變壞

最適合孩子開始獨立閱讀的書

★字體大，圖文並茂，用字淺顯易懂，適合中低年級孩子自己閱讀
★內容各處暗藏漫畫、謎題、發明，每次閱讀都有新發現
★幽默、緊張曲折的故事情節，讓閱讀經驗充滿無窮樂趣

家長、孩子齊聲說讚

【怪傑佐羅力】系列讓三年級的哥哥半夜不想睡覺、愛賴床變成自己凌晨起床偷看書；更好的是，我家文盲已久，讀大班的弟弟，也因本書開始認真閱讀，走入自行閱讀的浩瀚書海！

——家長 **小熊媽**（「家在婆娑美麗處：小熊部落」格主）

弟弟不僅主動閱讀，還一邊翻一邊大笑，眼睛都亮了起來呢！期待續集！

——家長 **楊雅惠**

佐羅力的小聰明和他的想像力，讓他的旅行變得有趣，雖然結果都讓人想像不到，不過他的自信心真的很讓人佩服！佐羅力的旅行故事我非常喜愛，真希望能一直讀下去！

——新北市中和國小 **童于窈**

新作登場！

怪傑佐羅力

搶救「字避」小學生，讓孩子笑到彎

2013年最新推薦！！

為了成為頂天立地的「惡作劇之王」，佐羅力與伊豬豬、魯豬豬踏上修練之旅，卻誤闖入冬季五輪匹克運動會的滑雪比賽！除了精采的冒險故事，還有好玩的遊戲喔！

恐怖大跳躍　超級有錢人　電玩大危機　拯救世界末日　名偵探登場　命運倒數計時　恐怖嘉年華　拉麵大對決

佐羅力冒險之旅，下一本永遠更有趣

※ 已出版 19 集，單書規格：14.8x21cm／85 頁／部分彩色附注音／定價 250 元／國小中低年級適讀

佐羅力

為了讓在天堂的媽媽以他為榮，佐羅力踏上修練之旅，立志成為「惡作劇之王」。旅途中佐羅力喜歡打抱不平，常有驚人的創意發明，雖然每次惡作劇都以失敗收場，卻陰錯陽差解決難題，搖身變成眾人感謝的正義之士。

伊豬豬、魯豬豬

貪吃的野豬雙胞胎。兩人因為仰慕佐羅力成了小跟班，尊稱佐羅力為大師，卻總是幫倒忙，造成不可收拾的混亂，拖累佐羅力的計畫。

佐羅力的媽媽

溫柔的母親是佐羅力最念念不忘的人，但是她在佐羅力小時候就已經去世。由於佐羅力個性迷糊，讓她即使待在天堂，卻仍然常常來到人間，關心寶貝兒子的一舉一動。